Virá a morte e terá os teus olhos

Cesare Pavese

Virá a morte e terá os teus olhos
Verrà la morte e avrà i tuoi occhi

Organização e Tradução
Cláudia T. Alves e Elena Santi

jabuticaba

Dados Internacionais de Catalogação na Publicação (CIP) de acordo com ISBD

P337v Pavese, Cesare

Virá a morte e terá os teus olhos / Cesare Pavese ; traduzido por Cláudia T. Alves, Elena Santi. - São Paulo : Edições Jabuticaba, 2022.
90 p. ; 14cm x 21cm

Tradução de: *Verrà la morte e avrà i tuoi occhi*
Inclui índice
ISBN: 978-65-00-42801-8

1. Literatura italiana. 2. Poesia.
I. Alves, Cláudia T. II. Santi, Elena. III. Título.

CDD 851
2022-969 CDU 821.131.1-1

Elaborado por Vagner Rodolfo da Silva - CRB-8/9410

Índice para catálogo sistemático:
Literatura italiana : Poesia 851
Literatura italiana : Poesia 821.131.1-1

Revisão: Agnes Ghisi e Tiaia Tavares
Design miolo: Pedro Spigolon
Design e imagem da capa: Helena Freddi e Bruna Kim

ISBN 978-650042801-8

9 786500 428018

Edições Jabuticaba
www.ediçõesjabuticaba.com.br
www.facebook.com.br/Edjabuticaba
instagram: @livrosjabuticaba

SUMÁRIO

La terra e la morte

A terra e a morte

TERRA rossa terra nera,
tu vieni dal mare,
dal verde riarso,
dove sono parole
antiche e fatica sanguigna
e gerani tra i sassi –
non sai quanto porti
di mare parole e fatica,
tu ricca come un ricordo,
come la brulla campagna,
tu dura e dolcissima
parola, antica per sangue
raccolto negli occhi;
giovane, come un frutto
che è ricordo e stagione –
il tuo fiato riposa
sotto il cielo d'agosto,
le olive del tuo sguardo
addolciscono il mare,
e tu vivi rivivi
senza stupire, certa
come la terra, buia
come la terra, frantoio
di stagioni e di sogni
che alla luna si scopre
antichissimo, come
le mani di tua madre,
la conca del braciere.

27 ottobre 1945.

Terra rubra terra preta,
tu vens do mar,
do verde ressequido,
onde estão palavras
antigas e fadiga sanguínea
e gerânios entre seixos –
não sabes quanto trazes
de mar palavras e fadiga,
tu rica como relembrança,
como a seca lavoura,
tu dura e muito doce
palavra, antiga por sangue
recolhido nos olhos;
jovem, como um fruto
que é lembrança e estação –
o teu sopro repousa
sob o céu de agosto,
as olivas dos teus olhos
adocicam o mar,
e tu vives revives
sem surpreender, certa
como a terra, escura
como a terra, moinho
de estações e de sonhos
que à lua se descobre
antiquíssimo, como
as mãos de tua mãe,
o prato da braseira.

27 de outubro de 1945.

Tu sei come una terra
che nessuno ha mai detto.
Tu non attendi nulla
se non la parola
che sgorgherà dal fondo
come un frutto tra i rami.
C'è un vento che ti giunge.
Cose secche e rimorte
t'ingombrano e vanno nel vento.
Membra e parole antiche.
Tu tremi nell'estate.

29 ottobre 1945.

TU ÉS como uma terra
por ninguém nunca dita.
Tu não esperas nada
senão a palavra
que jorrará do fundo
como um fruto entre os ramos.
Há um vento que te alcança.
Coisas secas e remortas
te estorvam e se vão no vento.
Membros e palavras antigas.
Tu tremes no verão.

29 de outubro de 1945.

ANCHE tu sei collina
e sentiero di sassi
e gioco nei canneti,
e conosci la vigna
che di notte tace.
Tu non dici parole.

C'è una terra che tace
e non è terra tua.
C'è un silenzio che dura
sulle piante e sui colli.
Ci son acque e campagne.
Sei un chiuso silenzio
che non cede, sei labbra
e occhi bui. Sei la vigna.

È una terra che attende
e non dice parola.
Sono passati giorni
sotto cieli ardenti.
Tu hai giocato alle nubi.
È una terra cattiva –
la tua fronte lo sa.
Anche questo è la vigna.

Ritroverai le nubi
e il canneto, e le voci
come un'ombra di luna.
Ritroverai parole
oltre la vita breve

TU TAMBÉM és colina
e caminho de seixos
e brincadeira em juncos,
e conheces a vinha
que à noite cala.
Tu não dizes palavras.

Há uma terra que cala
e não é terra tua.
Há um silêncio que dura
sobre as plantas e os montes.
Há águas e lavouras.
És cerrado silêncio
que não cede, és lábios
e olhos de breu. És vinha.

É uma terra que espera
e palavra não diz.
Dias que se passaram
sob os ardentes céus.
Tu brincaste de nuvens.
É uma terra maldosa –
a tua fronte sabe.
Isso também é a vinha.

Reencontrarás as nuvens
e as vozes, e os juncais
como sombra de lua.
Reencontrarás palavras
além da vida breve,

e notturna dei giochi,
oltre l'infanzia accesa.
Sarà dolce tacere.
Sei la terra e la vigna.

Un acceso silenzio
brucerà la campagna
come i falò la sera.

30–31 ottobre 1945.

noturna dos brinquedos,
além da infância acesa.
Será doce calar.
És a terra, és a vinha.

Um aceso silêncio
queimará a lavoura
como fogueira à noite.

30–31 de outubro de 1945.

Hai viso di pietra scolpita,
sangue di terra dura,
sei venuta dal mare.
Tutto accogli e scruti
e respingi da te
come il mare. Nel cuore
hai silenzio, hai parole
inghiottite. Sei buia.
Per te l'alba è silenzio.

E sei come le voci
della terra – l'urto
della secchia nel pozzo,
la canzone del fuoco,
il tonfo di una mela;
le parole rassegnate
e cupe sulle soglie,
il grido del bimbo – le cose
che non passano mai.
Tu non muti. Sei buia.

Sei la cantina chiusa,
dal battuto di terra,
dov'è entrato una volta
ch'era scalzo il bambino,
e ci ripensa sempre.
Sei la camera buia
cui si ripensa sempre,
come al cortile antico
dove s'apriva l'alba.

5 novembre 1945.

TENS rosto de pedra esculpida,
sangue de terra dura,
tu vieste do mar.
Tudo acolhes e escrutas
e repulsas de ti
qual mar. No coração
tens silêncio, palavras
engolidas. És breu.
Por ti a aurora é silêncio.

E tu és como as vozes
da terra – a batida
do balde ao cair no poço,
a música do fogo,
o baque da maçã;
as palavras resignadas
e turvas nas soleiras,
o grito do menino – as coisas
que não passarão nunca.
Tu não mudas. És breu.

És a cave cerrada,
pela terra batida,
onde uma vez entrou
descalçado o menino,
e nisso sempre pensa.
És a morada escura
em que sempre se pensa,
como no antigo pátio
onde se abria a aurora.

5 de novembro de 1945.

TU NON sai le colline
dove si è sparso il sangue.
Tutti quanti fuggimmo
tutti quanti gettammo
l'arma e il nome. Una donna
ci guardava fuggire.
Uno solo di noi
si fermò a pugno chiuso,
vide il cielo vuoto,
chinò il capo e morí
sotto il muro, tacendo.
Ora è un cencio di sangue
e il suo nome. Una donna
ci aspetta alle colline.

9 novembre 1945.

TU IGNORAS as colinas
onde se espalhou o sangue.
Todos ali fugimos
todos ali depomos
a arma e o nome. Uma mulher
nos olhava fugir.
Apenas um de nós
parou, punho cerrado,
viu o céu esvaziado,
baixou a fronte e morreu
sob o muro, calando.
Ora é um trapo de sangue
e o seu nome. Uma mulher
nas colinas espera-nos.

9 de novembro de 1945.

DI SALMASTRO e di terra
è il tuo sguardo. Un giorno
hai stillato di mare.
Ci sono state piante
al tuo fianco, calde,
sanno ancora di te.
L'agave e l'oleandro.
Tutto chiudi negli occhi.
Di salmastro e di terra
hai le vene, il fiato.

Bava di vento caldo,
ombre di solleone –
tutto chiudi in te.
Sei la voce roca
della campagna, il grido
della quaglia nascosta,
il tepore del sasso.
La campagna è fatica,
la campagna è dolore.
Con la notte il gesto
del contadino tace.
Sei la grande fatica
e la notte che sazia.

Come la roccia e l'erba,
come terra, sei chiusa;
ti sbatti come il mare.
La parola non c'è
che ti può possedere

De maresia e terra
é o teu olhar. Um dia
gotejaste de mar.
Ali estiveram plantas
ao teu lado, quentes,
têm gosto ainda de ti.
A agave e o oleandro.
Cerras tudo nos olhos.
De maresia e terra
tens as veias, o sopro.

Brisa de vento quente,
sombras de soalheira –
tudo cerras em ti.
És a voz rouca
da lavoura, o grito
da codorna escondida,
do seixo, o tepor.
A lavoura é fadiga,
a lavoura são dores.
Com a noite o gesto
do lavrador se cala.
És a grande fadiga
e a noite que sacia.

Como a rocha e a relva,
como terra, és cerrada;
te agitas como o mar.
A palavra não há
que pode possuir

o fermare. Cogli
come la terra gli urti,
e ne fai vita, fiato
che carezza, silenzio.
Sei riarsa come il mare,
come un frutto di scoglio,
e non dici parole
e nessuno ti parla.

15 novembre 1945.

ou deter-te. Colhes
como a terra os embates,
e fazes vida, sopro
que acarinha, silêncio.
És seca como o mar,
como um fruto de escolho,
e não dizes palavras
e ninguém fala a ti.

15 de novembro de 1945.

SEMPRE vieni dal mare
e ne hai la voce roca,
sempre hai occhi segreti
d'acqua viva tra i rovi,
e fronte bassa, come
cielo basso di nubi.
Ogni volta rivivi
come una cosa antica
e selvaggia, che il cuore
già sapeva e si serra.

Ogni volta è uno strappo,
ogni volta è la morte.
Noi sempre combattemmo.
Chi si risolve all'urto
ha gustato la morte
e la porta nel sangue.
Come buoni nemici
che non s'odiano più
noi abbiamo una stessa
voce, una stessa pena
e viviamo affrontati
sotto povero cielo.
Tra noi non insidie,
non inutili cose –
combatteremo sempre.

Combatteremo ancora,
combatteremo sempre,
perché cerchiamo il sonno

SEMPRE vens do mar e
dele tens a voz rouca,
tens sempre olhos secretos
de água viva entre as sarças,
e fronte baixa, como
o céu baixo de nuvens.
A cada vez revives
como uma coisa antiga
e selvagem, que o peito
já sabia e se fecha.

A cada vez é um rasgo,
A cada vez é a morte.
Nós sempre combatemos.
Quem escolhe o embate
sentiu gosto de morte
e a carrega no sangue.
Como bons inimigos
que não se odeiam mais
nós temos uma mesma
voz, uma mesma pena,
vivemos afrontados
sob céu empobrecido.
Entre nós não insídias,
não há coisas inúteis –
combateremos sempre.

Combateremos mais,
combateremos sempre,
pois buscamos o sono

della morte affiancati,
e abbiamo voce roca
fronte bassa e selvaggia
e un identico cielo.

Fummo fatti per questo.
Se tu od io cede all'urto,
segue una notte lunga
che non è pace o tregua
e non è morte vera.
Tu non sei più. Le braccia
si dibattono invano.

Fin che ci trema il cuore.
Hanno detto un tuo nome.
Ricomincia la morte.
Cosa ignota e selvaggia
sei rinata dal mare.

19–20 novembre 1945.

da morte lado a lado,
e temos a voz rouca
fronte baixa e selvagem
e um idêntico céu.

Fomos feitos para isso.
Se tu ou eu ceder ao embate,
segue uma noite longa
que não é paz ou trégua
e não é morte vera.
Tu não és mais. Os braços
se debatem em vão.

Até tremer por dentro.
Disseram um teu nome.
A morte recomeça.
Coisa ignota e selvagem
renasceste do mar.

19–20 de novembro de 1945.

E ALLORA noi vili
che amavamo la sera
bisbigliante, le case,
i sentieri sul fiume,
le luci rosse e sporche
di quei luoghi, il dolore
addolcito e taciuto –
noi strappammo le mani
dalla viva catena
e tacemmo, ma il cuore
ci sussultò di sangue,
e non fu più dolcezza,
non fu più abbandonarsi
al sentiero sul fiume –
non più servi, sapemmo
di essere soli e vivi.

23 novembre 1945.

E AGORA nós, reles
que amávamos a noite
cochichante, as casas,
as trilhas pelo rio,
as luzes rubras, sujas
dos lugares, a dor
adoçada e calada –
nós tiramos as mãos
da viva corrente e
calamos, mas por dentro
nos estremeceu o sangue,
e não foi mais doçura,
não foi mais se entregar
à trilha pelo rio –
não mais servos, soubemos
estar a sós e vivos.

23 de novembro de 1945.

Sei la terra e la morte.
La tua stagione è il buio
e il silenzio. Non vive
cosa che più di te
sia remota dall'alba.

Quando sembri destarti
sei soltanto dolore,
l'hai negli occhi e nel sangue
ma tu non senti. Vivi
come vive una pietra,
come la terra dura.
E ti vestono sogni
movimenti singulti
che tu ignori. Il dolore
come l'acqua di un lago
trepida e ti circonda.
Sono cerchi sull'acqua.
Tu li lasci svanire.
Sei la terra e la morte.

3 dicembre 1945.

És a terra e és a morte.
Tua estação é o breu
e o silêncio. Não vive
algo mais afastado
da aurora do que ti.

Quando surges desperta
tu és somente dor,
tens nos olhos, no sangue
mas tu não a sentes. Vives
como vive uma pedra,
como essa terra dura.
E te revestem sonhos
movimentos singultos
que tu ignoras. A dor
como a água de um lago
trepida e te circunda.
São círculos na água.
Tu os deixas esvair.
És a terra e és a morte.

3 de dezembro de 1945.

Verrà la morte e avrà i tuoi occhi
(11 marzo – 11 aprile 1950)

Virá a morte e terá os teus olhos
(11 de março – 11 de abril de 1950)

From C. to C.

You,
dappled smile
on frozen snows–
wind of March,
ballet of boughs
sprung on the snow,
moaning and glowing
your little « ohs »–
white-limbed doe,
gracious,
would I could know
yet
the gliding grace
of all your days,
the foam-like lace
of all your ways–
to-morrow is frozen
down on the plain–
you, dappled smile,
you, glowing laughter.

11 marzo 1950.

De C. para C.

Tu,
sorriso rajado
em congeladas neves –
vento de março,
balé de ramos
surgidos na neve,
gemendo e brilhando
teus pequenos "ôs" –
corça de membros brancos,
graciosa,
poderia eu saber
ainda
a graça deslizante
de todos os teus dias,
a renda espumante
de todas as tuas manias –
o amanhã está congelado
lá na planície –
tu, sorriso rajado,
tu, riso brilhante.

11 de março de 1950.

In the morning you always come back

Lo spiraglio dell'alba
respira con la tua bocca
in fondo alle vie vuote.
Luce grigia i tuoi occhi,
dolci gocce dell'alba
sulle colline scure.
Il tuo passo e il tuo fiato
come il vento dell'alba
sommergono le case.
La città abbrividisce,
odorano le pietre –
sei la vita, il risveglio.

Stella sperduta
nella luce dell'alba,
cigolío della brezza,
tepore, respiro –
è finita la notte.

Sei la luce e il mattino.

20 marzo 1950.

In the morning you always come back

A fissura da aurora
respira com a tua boca
no fim das ruas ermas.
Luzes cinzas teus olhos,
doces gotas da aurora
nas colinas escuras.
O teu passo e o teu sopro
como o vento da aurora
vão submergindo as casas
A cidade arrepia,
têm odores as pedras –
és a vida, o acordar.

Estrela perdida
no reluzir da aurora,
a chiadeira da brisa
tepores, respiros –
a noite terminou.

És a luz e a manhã.

20 de março de 1950.

HAI un sangue, un respiro.
Sei fatta di carne
di capelli di sguardi
anche tu. Terra e piante,
cielo di marzo, luce,
vibrano e ti somigliano –
il tuo riso e il tuo passo
come acque che sussultano –
la tua ruga fra gli occhi
come nubi raccolte –
il tuo tenero corpo
una zolla nel sole.

Hai un sangue, un respiro.
Vivi su questa terra.
Ne conosci i sapori
le stagioni i risvegli,
hai giocato nel sole,
hai parlato con noi.
Acqua chiara, virgulto
primaverile, terra,
germogliante silenzio,
tu hai giocato bambina
sotto un cielo diverso,
ne hai negli occhi il silenzio,
una nube, che sgorga
come polla dal fondo.
Ora ridi e sussulti
sopra questo silenzio.
Dolce frutto che vivi

TENS um sangue, um respiro.
És feita de carne
de cabelos de olhares
tu também. Terra e plantas,
o céu de março, luz,
vibram e a ti assemelham –
o teu riso e o teu passo
como águas que estremecem –
tua ruga entre os olhos
como nuvens colhidas –
o teu corpo macio
uma leiva no sol.

Tens um sangue, um respiro.
Vives sobre esta terra.
Conheces seus sabores
estações despertares,
e brincaste no sol,
e falaste conosco.
Água clara, vergôntea
de primavera, terra,
germinante silêncio,
e brincaste menina
sob um céu diferente,
tens no olhar seu silêncio
uma nuvem, que jorra
do fundo como fonte.
Ora ris e estremeces
acima do silêncio.
Doce fruto que vives

sotto il cielo chiaro,
che respiri e vivi
questa nostra stagione,
nel tuo chiuso silenzio
è la tua forza. Come
erba viva nell'aria
rabbrividisci e ridi,
ma tu, tu sei terra.
Sei radice feroce.
Sei la terra che aspetta.

21 marzo 1950.

sob o céu aclarado
que respiras e vives
esta nossa estação,
no silêncio cerrado
está a tua força. Como
relva viva no ar
arrepias e ris,
mas tu, tu és terra.
És a raiz feroz.
És a terra que espera.

21 de março de 1950.

VERRÀ la morte e avrà i tuoi occhi –
questa morte che ci accompagna
dal mattino alla sera, insonne,
sorda, come un vecchio rimorso
o un vizio assurdo. I tuoi occhi
saranno una vana parola,
un grido taciuto, un silenzio.
Cosí li vedi ogni mattina
quando su te sola ti pieghi
nello specchio. O cara speranza,
quel giorno sapremo anche noi
che sei la vita e sei il nulla.

Per tutti la morte ha uno sguardo.
Verrà la morte e avrà i tuoi occhi.
Sarà come smettere un vizio,
come vedere nello specchio
riemergere un viso morto,
come ascoltare un labbro chiuso.
Scenderemo nel gorgo muti.

22 marzo 1950.

Virá a morte e terá os teus olhos –
morte esta que nos acompanha
da manhã até a noite, insone,
surda, como um velho remorso
ou um vício absurdo. Os teus olhos
serão uma palavra vazia,
um grito calado, um silêncio.
Assim os vês toda manhã
quando sozinha te debruças
no espelho. Ó cara esperança,
nesse dia até nós saberemos
que és a vida e és o nada.

A morte olha por todos nós.
Virá a morte e terá os teus olhos.
Será como largar um vício,
ou como avistar nesse espelho
o reemergir de um rosto morto,
como ouvir um lábio cerrado.
Desceremos mudos no vórtice.

22 de março de 1950.

You wind of march

Sei la vita e la morte.
Sei venuta di marzo
sulla terra nuda –
il tuo brivido dura.
Sangue di primavera
– anemone o nube –
il tuo passo leggero
ha violato la terra.
Ricomincia il dolore.

Il tuo passo leggero
ha riaperto il dolore.
Era fredda la terra
sotto povero cielo,
era immobile e chiusa
in un torpido sogno,
come chi piú non soffre.
Anche il gelo era dolce
dentro il cuore profondo.
Tra la vita e la morte
la speranza taceva.

Ora ha una voce e un sangue
ogni cosa che vive.
Ora la terra e il cielo
sono un brivido forte,
la speranza li torce,
li sconvolge il mattino,
li sommerge il tuo passo,
il tuo fiato d'aurora.

You wind of march

És a vida e és a morte.
Em março tu vieste
sobre a terra nua –
o teu arrepio dura.
Sangue de primavera
– anêmona ou nuvem –
o teu passo ligeiro
a violar a terra.
Reinicia a dor.

O teu passo ligeiro
a reabrir a dor.
Estava fria a terra
sob céu empobrecido,
imóvel e cerrada
em um tórpido sonho,
como quem já não sofre.
Até o gelo era doce
no coração profundo.
Entre a vida e a morte
a esperança calava.

Ora tem voz e sangue
cada coisa que vive.
Ora a terra e o céu
são um arrepio forte,
a esperança os torce,
os transtorna a manhã,
os submerge o teu passo,
o teu sopro de aurora.

Sangue di primavera,
tutta la terra trema
di un antico tremore.

Hai riaperto il dolore.
Sei la vita e la morte.
Sopra la terra nuda
sei passata leggera
come rondine o nube,
e il torrente del cuore
si è ridestato e irrompe
e si specchia nel cielo
e rispecchia le cose –
e le cose, nel cielo e nel cuore
soffrono e si contorcono
nell'attesa di te.
È il mattino, è l'aurora,
sangue di primavera,
tu hai violato la terra.

La speranza si torce,
e ti attende ti chiama.
Sei la vita e la morte.
Il tuo passo è leggero.

25 marzo 1950.

Sangue de primavera,
a terra toda treme
de um antigo tremor.

Reabriste essa dor.
És a vida e a morte.
Sobre essa terra nua
tu passaste ligeira
como andorinha ou nuvem,
caudal do coração
foi despertado e irrompe
e se espelha no céu
e nele espelha as coisas –
e as coisas, no céu e no coração
sofrem e se contorcem
à espera de ti.
É a manhã, é a aurora,
sangue de primavera,
tu violaste a terra.

A esperança se torce,
e te espera te chama.
És a vida e a morte.
Teu passo é ligeiro.

25 de março de 1950.

Passerò per Piazza di Spagna

Sarà un cielo chiaro.
S'apriranno le strade
sul colle di pini e di pietra.
Il tumulto delle strade
non muterà quell'aria ferma.
I fiori spruzzati
di colori alle fontane
occhieggeranno come donne
divertite. Le scale
le terrazze le rondini
canteranno nel sole.
S'aprirà quella strada,
le pietre canteranno,
il cuore batterà sussultando
come l'acqua nelle fontane –
sarà questa la voce
che salirà le tue scale.
Le finestre sapranno
l'odore della pietra e dell'aria
mattutina. S'aprirà una porta.
Il tumulto delle strade
sarà il tumulto del cuore
nella luce smarrita.

Sarai tu – ferma e chiara.

28 marzo 1950.

Passarei pela Piazza di Spagna

Será um céu claro.
Se abrirão as ruas
na colina de pinho e pedra.
O tumulto das ruas
não mudará aquele ar parado.
As flores borrifadas
com muitas cores às fontes
lançarão olhares como mulheres
divertidas. Escadas,
terraços, andorinhas
irão cantar no sol.
Se abrirá aquela rua,
as pedras cantarão,
coração baterá estremecendo
assim como água nas fontes –
e será esta a voz
que subirá a tua escada.
As janelas saberão
os odores da pedra e do ar
matinal. Se abrirá uma porta.
O tumulto das ruas
será o tumulto do coração
na luz extraviada.

Serás tu – parada e clara.

28 de março de 1950.

I MATTINI passano chiari
e deserti. Cosí i tuoi occhi
s'aprivano un tempo. Il mattino
trascorreva lento, era un gorgo
d'immobile luce. Taceva.
Tu viva tacevi; le cose
vivevano sotto i tuoi occhi
(non pena non febbre non ombra)
come un mare al mattino, chiaro.

Dove sei tu, luce, è il mattino.
Tu eri la vita e le cose.
In te desti respiravamo
sotto il cielo che ancora è in noi.
Non pena non febbre allora,
non quest'ombra greve del giorno
affollato e diverso. O luce,
chiarezza lontana, respiro
affannoso, rivolgi gli occhi
immobili e chiari su noi.
È buio il mattino che passa
senza la luce dei tuoi occhi.

30 marzo 1950.

As manhãs têm passado claras
e desertas. Assim teus olhos
se abriam num tempo. A manhã
transcorria lenta, era vórtice
de uma luz imóvel. Calava.
Tu viva calavas; as coisas
viviam em frente aos teus olhos
(não pena não febre não sombra)
como um mar pela manhã, claro.

Onde tu estás, luz, é a manhã.
Tu eras a vida e as coisas.
Em ti despertos respirávamos
sob o céu que ainda está em nós.
Não pena não febre então,
não esta sombra densa do dia
lotado e diverso. Ó luz,
clareza longínqua, respiro
ofegante, dirige os olhos
imóveis e claros a nós.
É um breu a manhã que passa
privada da luz dos teus olhos.

30 de março de 1950.

The night you slept

Anche la notte ti somiglia,
la notte remota che piange
muta, dentro il cuore profondo,
e le stelle passano stanche.
Una guancia tocca una guancia –
è un brivido freddo, qualcuno
si dibatte e t'implora, solo,
sperduto in te, nella tua febbre.

La notte soffre e anela l'alba,
povero cuore che sussulti.
O viso chiuso, buia angoscia,
febbre che rattristi le stelle,
c'è chi come te attende l'alba
scrutando il tuo viso in silenzio.
Sei distesa sotto la notte
come un chiuso orizzonte morto.
Povero cuore che sussulti,
un giorno lontano eri l'alba.

4 aprile 1950.

The night you slept

Também a noite a ti se assemelha
a noite remota que chora
muda, no coração profundo,
e as estrelas passam cansadas.
Uma face toca uma face –
é um arrepio frio, alguém
se debate e te implora, só,
perdido em ti, na tua febre.

A noite sofre e anela a aurora,
pobre coração que estremeces.
Ó rosto cerrado, escura ânsia,
febre que entristeces estrelas,
há quem como tu espera a aurora
sondando o teu rosto em silêncio.
Estás deitada sob a noite
qual cerrado horizonte morto.
Pobre coração que estremeces,
um dia ao longe eras a aurora.

4 de abril de 1950.

The cats will know

Ancora cadrà la pioggia
sui tuoi dolci selciati,
una pioggia leggera
come un alito o un passo.
Ancora la brezza e l'alba
fioriranno leggere
come sotto il tuo passo,
quando tu rientrerai.
Tra fiori e davanzali
i gatti lo sapranno.

Ci saranno altri giorni,
ci saranno altre voci.
Sorriderai da sola.
I gatti lo sapranno.
Udrai parole antiche,
parole stanche e vane
come i costumi smessi
delle feste di ieri.

Farai gesti anche tu.
Risponderai parole –
viso di primavera,
farai gesti anche tu.

I gatti lo sapranno,
viso di primavera;
e la pioggia leggera,
l'alba color giacinto,
che dilaniano il cuore

The cats will know

Ainda cairá a chuva
nas tuas doces calçadas,
uma chuva ligeira
como um alento ou um passo.
Ainda a brisa e a aurora
florescerão ligeiras
como sob o teu passo,
quando tu retornares.
Entre flores, sacadas,
os gatos saberão.

Haverá outros dias,
haverá outras vozes.
Irás sorrir sozinha.
Os gatos saberão.
E ouvir palavras antigas
palavras lassas, vãs,
como hábitos largados
depois das festas de ontem.

Tu também farás gestos.
Responderás palavras –
rosto de primavera,
tu também farás gestos.

Os gatos saberão,
rosto de primavera;
e a chuva tão ligeira,
a aurora cor jacinto,
coração lacerado

di chi piú non ti spera,
sono il triste sorriso
che sorridi da sola.
Ci saranno altri giorni,
altre voci e risvegli.
Soffriremo nell'alba,
viso di primavera.

10 aprile 1950.

de quem já não te espera,
são o triste sorriso
que tu sorris sozinha.
Haverá outros dias,
vozes e despertares.
Sofreremos na aurora,
rosto de primavera.

10 de abril de 1950.

Last blues to be read some day

’T was only a flirt
you sure did know–
some one was hurt
long time ago.

All is the same
time has gone by–
some day you came
some day you’ll die.

Some one has died
long time ago–
some one who tried
but didn’t know.

11 aprile 1950.

Último blues para ser lido algum dia

Foi só um namorico
certamente sabias –
alguém foi ferido
num distante dia.

Tudo é este
tempo a transcorrer
algum dia vieste
algum dia vais morrer.

Alguém morreu
num distante dia –
alguém que se atreveu
mas não sabia.

11 de abril de 1950.

Anexos

Due poesie a T.

Dois poemas a T.

LE PIANTE del lago
ti hanno vista un mattino.
I sassi le capre il sudore
sono fuori dei giorni,
come l'acqua del lago.
Il dolore e il tumulto dei giorni
non scalfiscono il lago.
Passeranno i mattini,
passeranno le angosce,
altri sassi e sudore
ti morderanno il sangue
– non sarà così sempre.
Ritroverai qualcosa.
Ritornerà un mattino
che, di là dal tumulto,
sarai sola sul lago.

[metà giugno 1946]

As plantas do lago
uma manhã te viram.
Os seixos as cabras o suor
estão fora dos dias,
como a água do lago.
A dor e o tumulto dos dias
não arranham o lago.
Passarão as manhãs,
passarão as angústias,
mais seixos e suor
morderão o teu sangue
– não será assim sempre.
Reencontrarás algo.
Retornará uma manhã
que, pra lá do tumulto,
estarás só no lago.

[meados de junho de 1946]

ANCHE TU sei l’amore.
Sei di sangue e di terra
come gli altri. Cammini
come chi non si stacca
dalla porta di casa.
Guardi come chi attende
e non vede. Sei terra
che dolora e che tace.
Hai sussulti e stanchezze,
hai parole – cammini
in attesa. L’amore
è il tuo sangue – non altro.

[23 giugno 1946]

TU TAMBÉM és o amor.
És de sangue e de terra
como os outros. Caminhas
como quem não desgruda
da porta de sua casa.
Olhas como a que espera
e não vê. És a terra
que lamenta e que cala.
Tens tremores, cansaços,
tens palavras – caminhas
em espera. O amor
é o teu sangue – nada mais.

[23 de junho de 1946]

CARTAS

Para Bianca Garufi

[Turim,] 25 de novembro [de 1945]

Bianca, eu entendi que nome tem o meu mal. Chama-se orgulho e pode ser vencido. Eu não sou sensual, não sou avaro, não sou outra coisa a não ser orgulhoso. Tu tens alguma responsabilidade pelas minhas últimas explosões de orgulho, porque nunca me humilhaste no passado, pelo contrário, sempre tens exaltado para mim mesmo a minha inteligência, a minha importância.

Só ontem à noite, por força das circunstâncias, foste, nesse sentido, minha amiga. Me disseste que sou torto, me disseste que até preparei armadilhas para ti, me disseste que nada entre nós valia a pena ser salvo. B., guardei essa frase no coração a noite toda (eu também me comungo) e finalmente consegui escrever. Tentei entender se essa frase é, para mim, tão terrível porque ofende o meu orgulho, e sim, tem isso também, mas, principalmente, acredito que ela seja intolerável porque não é verdadeira, porque dilacera as coisas mais do que o necessário. Deixe para lá eu e minhas histórias, mas tu também estás nesse "entre nós" e contigo, valores que são algo a mais do que a paixão. B., ninguém mais do que eu sabe quão estéril e vã é uma paixão (por isso ontem te dizia para tentar ler meu diário e, quando tu te negaste, confesso que senti um desaforo como autor), mas essa foi até agora minha maneira instintiva de me agarrar a uma pessoa e a suas coisas, como alguém que se afoga e agarra o outro pelo pescoço. Sempre almejei mais. A paixão sempre foi somente uma condição imposta pelo meu orgulho, mas a intenção era outra. Era um valor objetivo, um bem. Que eu expressava orgulhosamente de novo, com imagens da "carne e sangue", da monogamia, do absoluto; mas, na verdade, queria dizer escolha de outra pessoa, materialidade e realidade dessa pessoa, primeiro passo para respeitá-la. Sempre foi um amor torto, não ausência de amor.

Brincando, algumas vezes, eu disse que sou católico – pois bem, isso é católico (ou cristão, se quiser). Acreditar nas almas alheias e respeitá-las. Fui violador, homicida, explorador, abusador de almas alheias, mas sempre soube que estava fazendo mal. Proponho-me a não fazer mais isso.

Proponho-me a não beber de maneira dramática e a não fazer loucuras. Nesse sentido, ontem à noite já foi uma vitória: eu não queria te dizer que pensava em ir para Turim, queria fugir para te impactar. Mas eu te disse. Hoje te digo que, chegando em Turim, queria pedir demissão ao Giulio, para te impactar. Mas não vou fazer isso.

Se não contarmos os dias doces (demais) do nosso primeiro encontro – o idílio –, ontem foi, em certo sentido, o primeiro dia do verdadeiro "entre nós". Pensa nisso, o que aconteceu? Aconteceu que te falei sem orgulho. Comecei com alguma intenção de ser curto e grosso – e ao invés disso? Ao invés disso, tu me fizeste encarar a minha alma. Por quê, B., como podíamos nos iludir que entre nós existisse algo antes que toda nossa vergonha fosse descoberta? Tu dizias isso, faz pouco tempo – que é preciso conhecer tudo, que só então o afeto faz sentido, e então o conhecimento apressado que até agora tivemos deveria bastar para acabar conosco? Ou descobrimos que somos antípodas um do outro. E com isso?

Eu estou profundamente convencido de que nos buscamos porque somos diferentes. Em um mês esclarecemos essa nossa diferença, a definimos em tipos – ontem à noite foi a crise da nossa reação recíproca ao contato (frigíamos como dois ácidos), e com isso? Eu acredito, B., que agora possa começar um trabalho de adaptação e renovação de uma verdade "entre nós". Talvez não seja erótica (e me dá vontade de chorar), talvez não seja de trabalho. Será epistolar? Será fraterna? Não sei.

A estúpida frase, "não vai acabar em um distanciamento com amizade", eu já a venci porque resisti à tentação de bater a porta, algo que sempre fiz no passado. Mas, de certa maneira, contigo não adianta bater a porta, não significa nada, me dá vergonha e logo nos sentimos estupidamente orgulhosos. B., um dia eu te disse que "na tua frente nunca farei uma ação vil" – hoje acredito que seria vil se eu terminasse contigo unicamente pelo medo de queimar minhas asas ou te fazer sofrer. Eu não vou queimar minhas asas, e tu, no que me diz respeito, não vais sofrer mais. Isso, seja como for, tanto se eu deixar a casa e Roma, quanto se eu ficar.

B., vou te confessar agora outras vergonhas minhas:

ainda espero casar contigo –

quando tentava parecer desesperado era para te impactar –

o prazer mais delirante que conheço é o de receber compaixão –

para "sentir" a política preciso me esforçar –

com todos me gabo de não me gabar –

quando te disse "cada um tem sua tuberculose", pretendia te impactar mais do que com uma outra frase –

houve uma interrupção safada dos famosos cinco anos de castidade cavalheiresca da qual me gabo –

dizendo isso, me lisonjeava que uma interrupção tão confessada tivesse impactado mais do que nenhuma –

me faço de falso simples –

penso no dinheiro –

tenho vergonha do meu primo que tem uma tabacaria –

me masturbei muito por um tempo.

B., tu não me queres nem um pouco bem? Eu pensei a noite toda se era verdade que sou completamente incapaz de querer bem, como me disseste ontem, e encontrei. B., minha irmã, quero bem à minha irmã porque ela nunca fala, porque tem sido mais bonita que eu, porque sei que foi decepcionada e ferida pelas coisas que lhe são caras (a casa e as meninas e a vida), porque tem as mãos gastas pelas tarefas domésticas, porque levanta todo dia ao amanhecer e passa na igreja e não acredita, mas se entrega por um momento e, depois, é como se fosse um dever, uma coisa rígida e certa que deve ser feita. A ela quero bem, B., e quando penso nela sempre tenho vontade de enviar dinheiro, escrever aquelas coisas que não sabemos escrever, confortá-la.

B., acreditas em mim? Nesses dias passados, quando tu choravas, sentia por ti a mesma surda irritação que sinto por Maria quando a vejo teimar em sofrer estupidamente (como bem sabe fazer) por algo, e a mesma impotência sofrida e a necessidade de te enviar dinheiro, de te escrever, de entender por que sofres, de te dar o sangue. B., queres o sangue da humilhação que, daqui para frente, buscarei como um frade? Para vencer esse orgulho me fecharei numa regra, onde controlarei especialmente os pensamentos. Pode ser que estejas certa em dizer que nunca encontrarei a carne e o sangue, mas estás errada em dizer que não saberei me tornar o que tu esperas. Devo tornar-me isso, porque não quero que nossa história se pareça com as outras que queimei.

Me diz como fazer. Eu te seguirei como a regra, custe o que custar.

Cesare

Escuta, a ideia de mudar de cidade é completamente absurda. Ontem servia porque tínhamos que fazer alguma coisa logo (eu não podendo partir de imediato), mas hoje é inútil, irritante e, principalmente, prejudicial. Deixe-me esperar as tuas e as nossas decisões aqui. Adeus, até hoje.

[Roma,] 17 de abril de 1946

Querida Bianca,

Recebo as tuas cartas dos dias 8 e 9 com muitas notícias e o teu legítimo desabafo.

Combateremos mais

combateremos sempre

eu dizia no fim daquele magnífico outono que conheces. Eu quase sempre cumpro com minha palavra: o que esperas? Que nos acariciemos como dois coelhos? Acho muito lindo esse insaciável maltratar-nos; é sincero, no final das contas, e producente. Cada um tem seus sistemas – nós somos um lindo casal discordante, e o sexo – que, além de tudo, existe – se alivia como pode.

[...].

Eu estou sozinho, como dizia, e, ainda por cima, começa minha estação ruim – a primavera – em que nunca pude escrever nada. Sou como Tristão no deserto de *Urgano*, como Proserpina no inferno, como Giulio na Suíça. Queria, no fundo, andar por aí com *, mas sabes como são essas histórias, e realmente não me sinto bem em brigar com ela também. Sempre sonhei em me tornar um tipo estoico, seco e impassível, e eis que consegui e sou célebre, eficiente e tudo, mas agora não gosto mais. Outro dia expliquei a * que as únicas pessoas com quem não se briga são aquelas com quem não se faz amor, e ela me disse que até é bonito brigar, se tiver uma lembrança feliz. Canalha.

Resistamos.

Te envio um diálogo que encontrei no bolso – o último – fiz outros antes, mas não estou com eles aqui. Esse é muito bonito.

Para Constance Dowling

[Turim,] 17 de março de 1950

Querida Connie,

Eu queria bancar o homem forte e não te escrever tão logo, mas de que serviria isso? Seria apenas uma pose.

Já te contei que, quando criança, eu tinha a superstição das "boas ações"? Quando eu tinha de correr algum perigo, fazer uma prova, por exemplo, naqueles dias eu tomava cuidado para não ser mau, para não ofender ninguém, para não levantar a voz, para não ter pensamentos ruins. Tudo para não alienar meu destino. Pois bem, acontece que nestes dias me torno de novo um menino e realmente corro um grande perigo, passo por uma prova terrível, porque percebo que não me atrevo a ser mau, a ofender os outros, a ter pensamentos vis. O pensamento em ti e uma lembrança ou uma ideia indigna, feia, não combinam. Te amo.

Querida Connie, desta palavra conheço todo o peso – o horror e a maravilha –, mas a digo a ti, quase com tranquilidade. Usei-a tão pouco em minha vida, e tão mal, que parece nova para mim.

Agora, estou só com o meu trabalho, com Turim, com os outros – Ciccio e Dada. Nenhum dos dois me disse nada, ainda bem – eu não sei se saberia resistir e não me trair, como um menino. Ciccio e Dada estão um pouco melancólicos, só isso. Ontem enviei a eles os discos em teu nome e de tua irmã (diga à Doris que economizei três mil liras). Hoje de manhã, te enviei os livros que escolheste.

Amor, o pensamento de que quando leres esta carta já estarás em Roma – passado todo o desconforto e a confusão da viagem –, que verás no teu espelho o teu sorriso e retomarás teus hábitos e dormirás tão bem, me comove como se tu foste minha irmã. Mas não és minha irmã, és uma coisa mais doce e mais terrível, e pensando nisso os meus pulsos tremem.

Querida. Estou trabalhando por ti, até breve.

Para Constance Dowling

[Turim,] 17 de abril [de 1950]

Querida,

Não tenho mais disposição para escrever poemas. Eles vieram contigo e se foram contigo. Este foi escrito algumas tardes atrás, durante longas horas no hotel. Eu estava esperando e hesitando te chamar. Perdoa a sua tristeza, mas eu também fiquei triste contigo.

Veja, eu comecei com um poema em inglês e acabei com outro. Neles, está toda a gama de coisas que experimentei neste mês – *l'orrore* e *la meraviglia* disso.

Querida, não fiques zangada se estou falando de sentimentos que não podes partilhar. Pelo menos podes compreendê-los. Quero que saibas que te agradeço de todo o coração. Os poucos dias de maravilha que arranquei da tua vida foram quase demais para mim – bem, eles já passaram, agora o horror começa, o horror nu, e estou pronto para isso. A porta da prisão voltou a bater.

Querida, tu nunca mais voltarás para mim, mesmo que voltes a pôr os pés na Itália. Nós dois temos algo a fazer em vida que torna improvável que voltemos a nos encontrar, ainda mais nos casar, como eu desejava desesperadamente. Mas a felicidade é uma coisa chamada Joe, Harry ou Johnny – não Cesare.

Tu acreditarias – agora que já não podes suspeitar que estou "atuando" para te prender de alguma forma – que ontem à noite chorei como uma criança pensando na minha sorte, e também na tua, pobre forte inteligente desesperada mulher lutando pela vida?

Se alguma vez eu disse ou fiz alguma coisa com que não pudeste concordar, perdoa-me, querida. Perdoo-te por toda esta dor roendo meu coração, sim, eu dou as boas-vindas a isso. És tu, é o verdadeiro horror e a maravilha de ti.

Viso di primavera, adeus. Desejo a ti muita sorte em todos os teus dias e um casamento feliz, sim.

Vais receber em tempo *La luna e i falò*. Talvez já esteja à tua espera na Av. North Vista antes que chegues lá. Estou tão contente que o teu nome esteja nele. Lembra que escrevi esse livro – todo ele – antes de te conhecer, e ainda assim eu senti nele que estavas para chegar. Não é maravilhoso?

Viso di primavera, eu costumava amar tudo em ti, não só a tua beleza, o que é bastante fácil, mas também a tua feiura, os teus maus momentos, o teu *tache noire*, o teu *viso chiuso* e também tenho pena de ti. *Non dimenticarlo*.

Cesare

Nota à tradução

À escuta dos versos de Cesare Pavese

Verrà la morte e avrà i miei occhi
ma dentro
ci troverà i tuoi

Michele Mari

Os versos do poeta italiano Michele Mari, escolhidos para abrir esta nota, ressoam, na subversão contemporânea que muda a direção e a perspectiva dos olhares, a experiência poética presente em *Virá a morte e terá os teus olhos*, coletânea de Cesare Pavese que aqui apresentamos ao público brasileiro. Pavese, poeta do século passado, falecido em 1950, continua sendo um interlocutor para a literatura atual (italiana, mas não só). É visto como um escritor que soube transfigurar poeticamente as próprias experiências e transformá-las em matéria literária, matéria na qual grande parte de nós poderá trilhar o seu próprio caminho de leitura.

A composição que conhecemos de *Virá a morte e terá os teus olhos* foi publicada pela primeira vez em 1951, vindo a público graças à organização póstuma proposta por Italo Calvino e Massimo Mila. É, portanto, pelo gesto dos organizadores que vemos em diálogo dois núcleos poéticos distintos: um primeiro bloco de poemas, denominado "A terra e a morte", que fora publicado ainda em vida pelo autor, em 1947, na *Rivista Le Tre Venezie*, e um segundo bloco, "Virá a morte e terá os teus olhos", inédito até aquele momento. É na intersecção entre vida e morte, entre a autoria de Pavese e a organização dos companheiros da editora Einaudi, entre a experiência de amores fulminantes, que a obra se apresenta, trazendo à superfície uma série de tensões e rupturas consequentes desses entrelugares.

Como pano de fundo, na filigrana da experiência poética, nos deparamos com momentos diferentes da história, particular e coletiva: duas camadas que se sobrepõem e que por vezes se tornam uma só. O fim da segunda guerra mundial, as vivências e as crises do autor, seus amores trágicos, uma Itália em reconstrução e dividida entre o lamento pelos destroços físicos, políticos e sociais do período fascista e o otimismo em relação ao futuro são alguns dos subentendidos que percorrem o subsolo dos versos, às vezes alcançando a superfície, outras permanecendo como uma tensão em profundidade. Em meio a isso tudo, encontramos um escritor que com seu eu poético se empenha em uma busca particular, tentando encontrar um tom possível após a experiência de escrever *Trabalhar cansa* (1936), seu primeiro e único livro de poemas publicado em vida.

A tradução dos versos aqui apresentada implicou, nesse sentido, um percurso de escuta paciente e demorada dos poemas de *Virá a morte e terá os teus olhos*, procurando nos colocar num lugar de recepção atenta. Alargamos os olhos para as imagens, abrimos os ouvidos para o som e o ritmo dos poemas, e fomos assim guiadas pela métrica dos textos italianos – que procuramos preservar, sem que isso definisse indiscriminadamente o trabalho tradutório. Lembramos, inclusive, que o próprio Pavese, em muitos momentos, dilatava as rígidas margens da escansão poética, sem transgredir a tradição, mas mostrando uma vontade de não se deixar engessar pelas normas. Consequentemente, esse nosso trabalho de escuta se estendeu às duas composições em inglês que integram o volume, poemas que aparecem aqui recriados sobretudo com a intenção de reproduzir a concisão e o conteúdo dos versos escritos na língua não materna escolhida pelo poeta (e tradutor e anglicista) para se expressar.

Ressaltamos também o quanto as imagens de Pavese são, com frequência, sinestésicas. Suas paisagens se misturam a cores, cheiros e sons. O léxico surge de áreas semânticas relativamente fixas, principalmente na primeira parte da obra: por exemplo, o cultivo da lavoura, recuperada por meio de suas alegrias e dores, suas fadigas, sua violência, mas também seus perfumes e suas belezas. A natureza, por sua vez, aparece modificada por essa presença humana, apesar de manter suas cores, seja em mar, seja em terra. Foi pensando na força desses elementos que não nos ressentimos por algumas escolhas tradutórias que precisaram abrir mão, em certos momentos, da consistência lexical ou do rigor métrico. Nosso principal propósito era, afinal, tentar dar conta das sensações despertadas pela leitura, o que julgamos ser prioridade na experiência proposta por esses poemas.

Vale dizer também que, durante o processo de tradução, procuramos ampliar ainda mais nosso campo de visão em relação ao laboratório de escrita de Pavese, recorrendo à leitura de sua obra em verso (o que inclui, além das coletâneas mencionadas, poemas dispersos) e de sua produção em prosa (contos, romances, ensaios), além do diário e das cartas que o escritor trocou tanto com figuras importantes do mundo cultural e editorial, quanto com as mulheres com quem se relacionara. Foi nesse contexto de imersão na obra pavesiana que, quase naturalmente, selecionamos alguns textos de fontes diversas que se somam a este volume, acreditando que com esse trabalho de organização *in fieri* será possível criar outras associações e possibilitar novas trilhas de leituras.

Por isso, constam aqui "Dois poemas a T.", que introduzem uma nova personagem da vida amorosa de Pavese, Teresa Motta. Traduzi-los e incluí-los neste trabalho nos pareceu uma importante oportunidade de apresentar tais poemas ao público brasileiro, evidenciando a transição cronológica, que é também de imagens e elementos, que os coloca entre as duas séries que compõem *Virá a morte e terá os teus olhos*.

Selecionamos também algumas cartas de Pavese que poderiam lançar uma luz diferente sobre a coletânea, isto é, que permitiriam aos leitores e leitoras compreenderem, de um outro ponto de vista e a partir de outro suporte textual, o complexo momento pessoal (e poético) que Pavese estava vivendo quando concebeu esses versos. Assim, acompanham este volume duas cartas a Bianca Garufi, enviadas por Pavese em 1945 e 1946, e duas cartas à atriz Constance Dowling, escritas nos meses iniciais de 1950. Nelas, é ainda possível vislumbrar algo da poética do escritor, para além do tom confessional e doloroso que permeia esses escritos.

Por fim, recuperando o gesto que, em 1951, aproximou os dois núcleos que compõem a coletânea *Virá a morte e terá os teus olhos* como a conhecemos hoje, nosso trabalho de organização deste livro foi motivado principalmente pelo desejo de colocar em diálogo materiais que não foram a princípio concebidos para serem lidos conjuntamente, mas que poderiam, por que não?, se tornar complementares: em um primeiro momento, a serviço da nossa tradução, mas, posteriormente, como possibilidade de aprofundamento na leitura dos poemas. Assim, com o intuito de que o próprio autor pudesse se expressar por si só, fazendo ouvir sua voz sem que se tirasse o foco dos poemas e sem que se precisasse recorrer a aparatos críticos complexos, lançamos aqui nossa proposta de tradução: que ela possa, daqui por diante, despertar novas leituras e reverberar outras relações.

Cláudia T. Alves
Elena Santi

Sobre as tradutoras

Cláudia Tavares Alves é tradutora, professora e pesquisadora. Do italiano, traduziu textos de Pier Paolo Pasolini, Cesare Pavese, Amelia Rosselli, Franco Fortini, Goliarda Sapienza, entre outros. Em 2021, publicou pela Edições Jabuticaba a tradução de *Meus poemas não mudarão o mundo*, de Patrizia Cavalli. É doutora em Teoria e História Literária pela Unicamp e atualmente ensina língua e literatura italiana.

Elena Santi é pesquisadora e tradutora de literatura italiana. Traduziu versos de Giovanni Raboni, Patrizia Valduga, Cesare Pavese, entre outros. Publicou, em 2017, a antologia *Vozes: cinco décadas de poesia italiana* (Editora Comunità). É professora de língua e literatura italiana da Universidade Federal de Juiz de Fora. É doutora em Literatura pela Universidade Federal de Santa Catarina. Suas traduções e pesquisas se concentram na poesia italiana contemporânea.

Obras usadas como referência

PAVESE, Cesare. *Verrà la morte e avrà i tuoi occhi*. Turim: Einaudi, 1951.

PAVESE, Cesare. *Le poesie*. Livro digital. Turim: Einaudi, 2020 [1998].

PAVESE, Cesare. *Vita attraverso le lettere*. Org. Lorenzo Mondo. Livro digital. Turim: Einaudi, 2004.

Agradecimentos das tradutoras

Nossos sinceros agradecimentos a Agnes Ghisi, Andrea Santurbano, Marcelo Lotufo, Patricia Peterle e Tiaia Tavares, pelas leituras atentas e observações cuidadosas. Suas contribuições foram fundamentais para a elaboração destas páginas.

Este livro foi impresso na gráfica Psi7,
em papel pólen natural 80 g/m² e cartão 250g/m²
e composto em Garamond e Cagliostro.